詩集

桜の季節

根本昌幸

竹林館

詩集　桜の季節

目次

Ⅰ

Ⅱ

III

詩集 桜の季節

I

公園の不思議な男

不思議な男がいるという。
ほんとうに不思議なのかと思ったら
特に不思議ではない。
不思議でないところが
不思議なのだが。
いつも弁当を持って
公園にいる。
雨の日も　風の日も
雪の日も
もちろん晴れの日も。
一日中をベンチに腰をおろして

じっとしている。
なにをするのでもない。
ただ　じっとしているのだ。
そしてお昼になると
弁当を食べる。
それから夕方までじっとしている。
なにをしているのか
誰も知らない。
夕方になると弁当箱を持って
帰って行く。
たぶん家にだろう。
次の日になると
またやってくる。
この男を人々は　公園の
不思議な男と呼んでいる。

消しゴム哀歌

にくらしくて　にくらしくて
腹が立って　腹が立って
仕方がない。

あんたのせいだ。
にくらしいのはあんた。

だから　わたしは
あなたの名前を消す。
消して消して消して消しまくる。

そのたんびに　わたしは
小さく　小さく
なっていく。
最後には
わたしはどこにもいない。
ゴミつぶみたいな
カスになって
ゴミ箱に捨てられてしまう。

わたしという者は
誰にも知られずに。

チンと音がして

夜、酒を呑む。
毎日呑む。
寒い夜はレンジで燗をつける。
チンという音がして
熱燗の出来上がり。
酒の肴もレンジで作る。
チンと音がして
出来上がる。
チン
チンチン
そういえばおれにもチンはある。

すっかり忘れていたよ。
チンチンのことを——
元気かよ。
元気なんてとうの昔に
山の彼方へとんでいったよ。
それで今はどうしている。
どうもこうも
だらりとしたまんま
眠ってばかりいるよ。
春がきたって
夏がきたって
秋がきたって
冬がきたって
季節なんて
もう知らなくなってしまったよ。

今日もチンという音がして
熱燗が出来る。
それから酒の肴のつまみが出来る。
チン
チンチン
元気を出してくれよ。
おれは股間に手を当ててみる。
これはだめだ
重症だ。
レンジでなんとかしなければ——
チンと音がして
はい新鮮なチンチンの出来上がり
なんて　いかないものか。

桜の季節

桜の季節になりました。
と　桜の町に住む
女友達から手紙が来た。
ほんとうに友達だ。
それいがいはなんでもない。
怪しい　という。
なにが　とぼくはいう。

そんな手紙なんかくるからよ。
妻が向こうの方を見ながらいう。

桜はさびしく散りますが
花の盛りは見事なものです。
是非お出掛けください。
その時はお一人で・・・
お待ちしております。

そう書いてある。
達筆な字で。

出掛けて行きたい気持ちもある。
只、お一人で・・・

というのが気に掛かる。
一人で行けば
面倒なことになる。
桜はぼくの町でもみられますよ
と
返事を出すよりほかはなかったのだ。

山の向こうに

山の向こうに
美しい村がある。
山があって　川があって
花々が咲き乱れていて
小鳥がさえずっている。
ゆったりした
そんな村だ。
人々がなにかを忘れてきたような
人々になにかを思い出させてくれるような
村がある。
その村を桃源郷と呼んでもいい。

山の向こうのその村に
わたしも行ってみようと思う。

マリ

私は新しい犬の名前に
昔の恋人の名前を付けた。
最初は恥ずかしかったが
犬の方ではそんなことはしらないから
マリ
と　呼ぶと
転がるマリのように走ってくる。
メスの犬だ。
マリ　かわいいな。
けれどほんとうのマリは
もう　この世にはいないのだ。

短い人生の中に
どんなことがあったのか
別れて後のことは
私はしらない。
マリ　マリ
なにもしらないマリは
私に甘えて
走り疲れて
側でいびきをかいて
眠っている。
マリはどんな夢を見ているのだろう。
私の過去のことなどは何もしらないで。

ふと

ふと　気づくことがある。
人はどうして生きていくんだろうと
ふと　気づくことがある。
どうしてあんなに空は青いのだろうと
ふと　気づくことがある。
海はなぜいろんな表情をするのだろうと
ふと　気づくことがある。
なんでもなかったことがとても大事なことだったと

ふと　気づくことがある。
どうして男と女がいるのだろうと
ふと　気づくことがある。
犬や猫はどうして人間と暮らしているのだろうと
ふと　気づくことがある。
地球にはなんとたくさんの生物がいるのだろうかと
ふと　気づくことがある。
かれらはどんな生き方をしているのだろうかと
ふと　気づくことがある。
それを考えた時なかなか寝付かれないことがあったりして

ふと　気づくことがある。
ふと　気づいたことはすぐに忘れた方がよいだろうと
ふと　気づくことがある。
しかし　それはそれでよいのではないか
ふと　気づくことがある。
ふと気づいても一人では何も出来ないということを
ふと　気づくことがある。
ただ　ぼんやりと　生きていくだけの自分を
そして自分やたくさんの人々が
ぼんやりと生きているのに

ふと　気づいて
安堵する。

水色の季節

あのひとから
水色の封筒が届いた。
開けると
あのひとの匂いがした。
あれから
あのひとは
何処へ行ったか。
誰も知らない。
水色の季節が来ても。

疑問の疑問

何か疑問な点はございますか。
わたくしには疑問そのものが
疑問なのですが。

疑問がなければ
世界は成り立ちません。
疑問とは大変重要なことです。

そうでしたか
そうとは知りませんでした。

あさはかでした。

これからは疑問なことには
いっさい疑問を抱かないで
平穏な暮らしをしようと
心掛けていきますが。

はたしてできますか、どうか。
疑問は持たないことにしましても
はなはだ疑問なことではあります。

嘘の匂い

おれは知らなかったのだが
嘘というものは
どうやら匂いがするらしい。
どんな匂いなんだろう。
甘いのか　辛いのか
それともしょっぱいのか苦いのか
おれもだいぶ嘘はついてきた。
男にも　女にも
たくさんの人に。
はては犬にも　猫にも
牛や馬にまでも。

かれらは嘘とは知らずに
おれを信じてきた。
おお　おれがついた
たくさんの嘘。
そういえば　うそという
小鳥もいたっけ。
美しい鳥で
あいつも嘘をつくんだ。
あいつの嘘は
どんな匂いがするんだろう。
桜の若芽を好んで食うから。
きっと桜の匂いがするんだろう。
今年の春は
嘘をついた女を誘って
花見にでも行くとするか。

桜吹雪の中を
腕を組んだりして。
女はまたどんな嘘をつくだろう。
愛しているわ　なんて
言うだろうか。
おれに。

Ⅱ

三つの命

この世に
生まれ出た時から
あらゆる生物には
三つの命があるという。
運命、天命、宿命、
すなわちこの三つの
いずれかを背負って
生まれてくる。
（自分は人間に生まれてきた）
動物に生まれても
植物に生まれても

昆虫に生まれても
魚に生まれても
それは運命であろう。
そして宿命であって
天命を待つ。
ああはるかな昔から
それはくり返し
くり返されてきた。

われら生き物は
物差しのような
生を生きなければならない。

生命《いのち》のうた

生まれ出たときから
ぴたりと
銃口を向けられたままだ。

その銃口はわたしたちの
心臓を狙っている。

いつ　銃口が火をふくのか?

だから
過去のことは語っても

未来のことは語れない。
わたしたちは
ものさしのような
〈生〉を生きるだけだ。

母の声

かすかに
声がする。
あれは確かに母の声だ。
遠い昔に私を呼んだ
若く美しかった頃の母の声。

齢を重ねた母は
私をパパと呼んだ。
グループホームに会いにいくと
帰り際
バイバイと手を振った。
細くなった手で。

私の耳に残っている
あの弱々しい声。
人は誰にでも
別れがある。

懐かしさだけを残して
消えていく。
これが人の一生なのだ。
否、生き物すべての。

そうして母も
長いようで短い一生を終えた。
雪の降る日に。
雪のように。

生物

人間に生まれたことが
幸せだったのか
不幸だったのか。
動物に生まれたことが
幸せだったのか
不幸だったのか。
植物に生まれたことが
幸せだったのか
不幸だったのか。
人間は人間から
生まれてきた。

あらゆる動物は
動物から
生まれてきた。
あらゆる植物は
植物から
生まれてきた。
そして時代を生きてきた。
いずれは果てていく命。
〈生〉あるもののすべてが
そうであるように。
永遠などというものはない。
だが　おれは永遠ということを信じてきた。
純粋だから
自分でもおかしいが。
〈生〉あるものには

〈死〉がある。
どうすればいい
おれは死を生きていく。
空気のように。
それがおれだ。
おれの生き方だ。
笑うものは笑え
それでもいい。

石積み唄

孫は一歳で死んだ　その女の子のために

一つ積んでは　孫のため
二つ積んでは　孫のため
三つ積んでは　孫のため
四つ積んでは　孫のため
五つ積んでは　孫のため

石は塔のように積んでゆく
うまく積まないと
石はすぐに崩れてしまう

崩れないように
崩れないように・・・

六つ積んでは　孫のため
七つ積んでは　孫のため
八つ積んでは　孫のため
九つ積んでは　孫のため
十を積んでも　孫のため

孫は今、どのあたりを
たった一人で歩いているのだろう
赤い服など着て
石よ石よ
崩れないでおくれ
孫のために

いくつ積んでも逢いはせぬ
積めば積むほど
崩れてく

一億万年たったとて
死んだあの子に
逢いはせぬ

犬との別れ

〈泣かないでください。

きっとそう言っているだろう
わたしは幸せでした
そう思って
あの空の輝く星になったのであろう。

ココよ　そうか
そうであるのか。
夜半にお前は　おれに
別れのあいさつにきた。

おれの寝ているところに。
しばらく布団の上にいたな
おれはお前の頭を
何度もなででやったな。
それから部屋を出ていったな。

おれは気付くのが遅かった。

次の日の朝
おれの座布団の上で
眠るように死んでいた。
抱くとまだ温かかった。

お前と出会ったのは十四年前。
この十四年を苦楽を共にしたな
お前はおんなの小型犬だった

白黒まだら模様の。

〈泣かないでください。

そう言っているようだな
でも涙が出る。
今、お前は額縁の中の
写真となって
おれを見詰めている。

〈泣かないでください
十四年間　わたしは幸せでした〉

そうか　おれは泣かない
さよなら　ココよ。

そちらの国で元気にしてな。
美しい星になってな。

おれの中には
お前が先になってしっぽをふって歩く
散歩の時の姿がちらついている。

過去と現実

かつて私の愛犬はこの世に生きて
生活をしていたのだ。
父も母もそして娘も
私たちと。
けれど死んでしまって
今はもういない。
しかし　実在はしたのだ。
過ぎ去った日々と年月
だが　私の中には生きている。
私や私の家族にも
それ以外の人々は知らないかもしれないが。

けれど　いつしか
過去は消えていく。
そして　いない
と　いう現実だけが
虚しくあるだけだ。
〈生〉あるもの
いつの日にかは消え去っていく。

諸行無常
諸行無常

過去と
現実と
この二つが
私たちにはあるのみだ。

そして　それは
繰返し
永遠に続いていく。
この世のある限り。

無情

（原発さえなければ――）
と男は言った。

なにゆえ
牛は殺されなければ
ならなかったのか。
教えて欲しい。
牛は
そう思って
死んでいったに違いない。
たくさんの牛たちが。

鳴きながら。
おれは牛たちの気持ちを知っている。
だから今も　おれの耳から
もうもう、もうもう、という鳴き声が
消え去ることはないのだ。

後を追う

その人は、四ヵ月遅く私の隣に越してきた。
南相馬市小高区から郡山市へと避難をしていた　と言った。
繁殖牛を七頭ほど飼っていたので
二日置きずつ餌を食わせに来たという。
まっ黒い犬も飼っていた。
その犬が帰り際になるとそわそわとして
軽トラックの後を追ったという。
バックミラーを見るとどこまでも追ってくるんだ。
アクセルをいっぱい踏んでスピードを出したよ
最後は諦めたけどな
可哀相だったよ　いつも一緒にいたんだもの

でも二日置きに来ることを知ってからは
牛小屋の所にいたな
来るのを待っていたんだ。
それからは後を追わなくなったよ。
その犬と私は初めて会った時
眼は吊り上がって恐ろしい顔をしていた。
「バロン」という名前だった。
やがてだんだんと穏やかな顔になってきた。
家族と同じだものな
七頭の牛はどうしようもなくて
殺処分をしてきた　と言った。
放射能の混じってしまった餌を食わしても
牛もだめになっていくばかりだ。
だからそれ以外にどうしようもなくて、とも言った。
私はその夫婦とは、どうした訳か

昔からの知り合いのような気がしてならなかった。
私は三年ほど、隣同士でいたが
四キロほど離れた所に中古の家を求めて移った。
後を追った黒い犬「バロン」はその後間もなく死んだ。
わが家の小型犬「ココ」も死んだ。
あれから歳月が過ぎ
八年目になる。
あと何年我慢の日々が続くのか
誰も知らない。

あれから八年

あれから八年
あなたは泣いていますか。
笑っていますか。
泣いてばかりでは
前に進むことは出来ません。
来年のこの三月十一日が来れば
今度は九年目となります。
その時あなたはいくつになりますか。
ぼくは七十三歳になります。
両親を亡くした孫は
高校二年生になります。

そして
これからも
この三月十一日という日を
毎年忘れることはないであろう。
あれから
あの日から
八年という月日が過ぎました。
悪夢のようなあの日から
それを乗り越えて
生きていかなければなりません。
あなたも　君も。
そして　このぼくも。

遠い国へ

人はどこからきて
どこへ行くのだろう。
誰も知らない。

誰も知らない所へ
いつかは行く。

その遠い国へ
はるかなる国へ
人は行く。

たったひとりで
暗闇をまさぐるように
行く。
そして　帰ってきた人は
誰もいない。

Ⅲ

鶴

朝靄の中に
一本脚で立っている
あの美しい鶴を知っているか。
恋しい人を求めて
女が鶴になったということを
知っているか。
北の空へ向かって
啼くという
ことさら寒い北に向かって。
男はなぜ女を捨てて
行ったのだろう。

美しい鶴は女の化身だ。
せつなくもかなしく
啼くという
血を吐くように。
なおもなおも啼くという
遠く遠く北の空へ向かって
かつて私も女を捨てたのだった。
そのひとはやがて
自らの手で死んでしまったが
鶴のように泣いただろうか。
寒い北の空に向かって
この私に深いうらみを抱いて
私がこの世に生きてある限り
その怨念は
私から消え去ることはない。

鶴が立っている。
朝日を浴びて
絵のように
そのひとにダブりながら。

恋愛小説

かつて私は恋愛小説のような生き方をしたいと思っていたことがある。それは若さからくる故のものであったが。結局はそれが原因で、女とは別れることになってしまったのだった。私の理想とするものが、女には通じなかった訳だ。寒い日だった。女は私と別れるためにやってきた。間もなく汽車が来るという時、初めて手を握り合った。

女も私も黙ってお互いの目を見詰めただけであった。そして、それがほんとうの永遠の別れになってしまったのだった。まさか、女も私もそれが永遠の別れになるとは、その時は思ってもいなかった。
ただ、ある時女は、わたしは太く短く生きるかもしれない、と言った。
そのとおりだった。
女の人生は太く短いものだった。
女は死んだ後に、ユーレイとなって私に逢いにきた。二度も。
女がどうして自らの手で死んだのかは、私は知らない。知らなくていい。
この結末は、恋愛小説が悲劇で終わるのと、なんら変わらないものだ。
私にはこういった現実の過去がある。
ぬぐってもぬぐってもいつまでも消えない過去というものが。

命あるうちに

私が生まれる前に
私には六歳上の
姉がいたという。

その姉が六歳で
亡くなった後に
私が生まれたという。
戦争が終わった
後のことだ。

私は戦後に生まれたということで
戦争の記憶はない。
私の姉は　こわい　こわいと
くり返し言って
亡くなったという。

暑い暑い日に
ミンミンゼミが
鳴いていたという。

そのことを母はよく私に言った。
父は何とも言わなかった。
それは時代を思ってのことだった。
と　思うが。

この地球上から
戦争が終わった訳ではない。
どこかの国で
戦争は今も続いている。
馬鹿なことをするものよ。
愚かなことをするものよ。
人間というものは。
いや動物や
植物の世界も
そうなのだけれど。

人間も動物も植物も
生きている。
時代を。
長いようで

短い時代を。

考えよ。
命あるうちに。
一生一度。
みんな一生一度だけだ。
その中で。

父の言葉

父が健在な頃
父は私によく言ったものだ。
持っている力は
十五分に出せ　と。
十分にとは言わなかった。
十二分にとも言わなかった。
それが何を意味するものなのか
その頃　私にはよく分からなかった。
父がもうこの世を去って
久しくなる。

その言葉が
今
私には少し分かるような気がする。
この年齢になって
大震災があって
原発事故があって
私たちは古里を追われ
異郷の地で暮らしている。
——お父さん。
天上にいるお父さん。
私は十五分に力を出し切っています。
これ以上出せません。
そこから見守ってください。
もう少し頑張ってみます。

きつね

なんにもすることがないので
ぶらぶらしている。
ぶらぶらしていても面白くないので
気ままに歩いて行く。
川がある。
川の上手を歩いて行く。
するとやせこけたきつねが一匹
土手の下でこちらを見上げている。
そしてこいこいをしている。
私のほかには誰もいないので
私を呼んでいるのだろう。

行くとおすわりをする。
お手もする。
なあんだきつねじゃなくて
犬じゃあないか。
しかし　よく見るとやっぱりきつねだ。
きつねは人を化かすというから
私も化かされているのかもしれない。
そんなら私も化かしてやろうと
犬になってやった。
犬のふりをして
おすわりもできます。
お手もできます。
おかわりもできます。
すると相手をきつねと思っていたのだったが
犬なんだ。

なあんだもともと犬だったのか
と　思うと今度はきつねなんだ。
あれあれ変だな
変だなと思っているうちに
私が化かされていたのだ。
気付いた時には
きつねはどこにもいなくて
川原ではすすきが夕日に光って
揺れているばかり。
きつねに化かされては終わりだな
私は石に八ツ当たりをして
そいつを川の中に投げ込んで
帰ってきたのだ。
空には月が出ていた。

夜に

夜になると
逢いに行く。
どこにもいない
あの人に。

あの人を捜しながら
いないことはわかっているのに。
けれど　逢いたくて
逢いたくて　仕方なくて。
ふらふらと出掛けていく。

――儚いものだね

人の命なんて。
どこへ消えてしまったのか。
山、川、海、空。

——空だろうね

たぶんあの星の辺りを
酔っぱらって
歩いているだろうよ。

——そうだろう

夜に
夜に聞いてみる。
返事はないけれど。

さくら

さくらは
うつくしい
みじかいあいだでも
ぱっとさき
ぱっとちる
だからすきなのだ
そのみごとさゆえに

薬

薬には
良い薬と
悪い薬があるという。

良い薬は
良薬で。
悪い薬は
麻薬というらしい。

そのほかにもあって。
こちらは

死なない薬
と　いうのだそうだが?

この薬は飲んでさえいれば
いつまでも死なないで済むという。
何年でも生きられるという。

驚いた薬があるものだ。

見たことはない。
聞いた話だから。

ほんとうにあるのなら
誰だって欲しいだろう。

しかし　だよ。

あの美しかったひとが
よれよれになって。
しわしわになって。
ふらふら生きていたなんて。
それを思うとき
喜べはしないよ。

薬にはもっと
いろんなものが
たくさんあるだろう。
そして消えては
新しいものが次々と出来てくる。

時代も
変化していくから。
それと同じく。

あの手この手

あの手この手を
考える。
どうしたなら
良いのかと。
自分の手をよく見て
考える。
そんなある日の夕方のことだ。
易者がやってきた。
私の手を見て
すぐに
易者が言う。
「良い手をしています。長生きしますねえ。
出世もします」と。

これから出世だなんて
もう遅い。
「いくら」と聞くと
「三千円です」と言う。
領収書を書いて
帰って行ったが
次の日もまたやってきた。
「なにを見ますか？」と
私が問うと
「名前を見ます」
と言う。
「珍しく良い名前です」
と言うから
「お金は払わないよ」と言うと
さっさと帰って行った。

酒の力

酒には力があるという。
どんな力なんだろう。
重い石を持ち上げるのか
それとも強く引き付けるのか。
酒は飲むものとばかり思っていた。
「力」があるなんてしらなかった。
しかし　いつか女に
「酒の力を借りなけりゃ言えないの？」
と　言われたことがある。
その時「愛しているよ！」なんて
言ったかもしれない。

あれも力だったのか。
重い石を持ち上げるのではない
あの酒の力というもの。

恋

なま暖かくなってきて
池の中では
鯉が
恋しているらしい。
ばちゃばちゃと
音たてて。
ああいった
恋もあるんだ。
鯉に聞いてみないと
分からないけれど。

鯉の恋も
人の恋も
いつかは音立てて
崩れてゆく。

夢

夢は見ますか
と　薬剤師は聞いた。
見ます　と言った。

この薬を飲んでもですか?
と　言うから
はい　と言った。

良い夢ですか
悪い夢ですか
それとも幻覚ですか

と　続けざまに聞く。
幼い頃のなつかしい
夢ばかりです。
と　言った。

それならいいんですけど。
この薬を飲んで
悪い夢だったら
困ります　と言う。

そうですか。
そういう夢は見ません。
と　言ってやった。

実のところ
たくさん悪い夢は
見てはいるのだが。

悪いことはないことにして
とっても良い
夢ばかりなんです。

と　相手にも
自分にも
そう言ったのだ。

鬼

鬼という物の怪が
おるといいます。
ほんとうにおるのでしょうか。
鬼というのは
人の心の中に
密かにおるのじゃないのか　と
常々思っておりました。
わたくしの中にも棲んでいて
時々激しく暴れる者。
あれではないかしら。

わたくしは静かな性格です。
そうして静かに
生きてきました。
これからもそうでしょう。
わたくしは静かに生きていきます。

愛

愛している。
と
言われたことがある。
女に。
男じゃなくてよかった。
と
思っている。
今
になって。

今は男でも言うから
驚くよ。
男が男に言われて
どうする。

女じゃなくて。

変な時代になった。
これから先はどうなるのだろう。
これから先はもっと変になるだろう。

恋しいじゃなくて
変しいに。

変愛。
恋愛。
恋恋。

ああ　やっぱり
変になりそうだ。

竹というやつ

竹というやつは
ひつこくてね。
伐っても
伐っても
次の年には出てくるのです。
固い地面を突き破ってね。
なんとなく若い時の
自分に似ていてね。
あれを見ると
照れてしまいます。
そんな時代もあったのですよ。

若い時は皆そうなんです。
若い時ですよ。
今はもうだめです。
なにもかも
あの頃の
あの自分という者が
懐かしいですわ。
若い竹のような。
あの頃が。

あとがき

本詩集『桜の季節』は、『昆虫の家』に次ぐ二年振り、十一冊目の詩集になります。

収録をしたもののうち、詩誌などに発表をしたものには一部手を加えました。面白いものから、命の大切さや悲しいものを書いた三十六篇を三章に分けてみました。

相変わらずですが、私はまだ東日本大震災、それに続く東京電力福島第一原発事故による避難民の一人です。あれから八年の歳月が過ぎ九年目になります。それだけ年齢を重ねたということです。

そして去年は思わぬ大病をして、入院を余儀なくされました。従って出版も遅くなってしまいました。

これからも私は、詩を書く鬼でありたいと思っていますが、鬼になれるかは分かりません。

帯文は芥川賞作家の柳美里さんに書いていただきました。柳さんは他にもいろんな賞を受賞しています。ありがとうございました。また表紙の写真は友人である遠藤政弘さんから提供をしていただきました。今回は、㈱竹林館の左子真由美さんをはじめとするスタッフの皆さんにもお世話になりました。

この本を手にして読んでくださる皆様に、ありがとうのお礼を申しあげます。

令和元年五月

相馬市にて

根本昌幸

根本 昌幸（ねもと まさゆき）

一九四六年　福島県浪江町生まれ。

中学時代より詩作を始める。

一九六五年　詩誌「ぺん」「北国」、文芸誌「蒼海」などを創刊する。

「あいなめ」「亀卜」「卓」「エリア」「銀河詩手帖」などを経て、現在「日本海詩人」「ＰＯ」「コールサック」「腹の虫」「ぴちぽち」などに詩を発表。

詩のほかに、童謡、歌謡、合唱曲などの作詞を多数手掛ける。

日本ペンクラブ、日本詩人クラブ、日本音楽著作権協会、関西詩人協会、福島県現代詩人会、各会員。

著書に詩集『海へ行く道』『昆虫詩篇』『しろいかなしみのうた』『トーテムポールの下で』『昆虫物語』『別離の日』『荒野に立ちて――わが浪江町』『昆虫の家』など。

避難先住所
〒九七六―〇一五二
　福島県相馬市粟津字粟津三―三一

詩集　桜の季節

2019年7月1日　第1刷発行
著　者　根本昌幸
発行人　左子真由美
発行所　㈱竹林館
〒530-0044 大阪市北区東天満2-9-4 千代田ビル東館7階FG
Tel　06-4801-6111　Fax　06-4801-6112
郵便振替　00980-9-44593　URL http://www.chikurinkan.co.jp
印刷・製本　モリモト印刷株式会社
〒162-0813 東京都新宿区東五軒町3-19

ISBN978-4-86000-413-2　C0092